NOUVELLES D'ISLANDE

Miniatures
Collection produite par Marc Wiltz et dirigée par Pierre Astier

Dans la même collection :

- Nouvelles d'Haïti
- Nouvelles de l'île Maurice
- Nouvelles du Bengale
- Nouvelles du Liban
- Nouvelles d'Israël
- Nouvelles du Mali
- Nouvelles de Corse
- Nouvelles de Turquie
- Nouvelles du Mexique
- Nouvelles de Guadeloupe
- Nouvelles du Soudan
- Nouvelles d'Algérie
- Nouvelles de Catalogne
- Nouvelles du Sénégal
- Nouvelles d'Argentine
- Nouvelles de Madagascar
- Nouvelles du Cameroun
- Nouvelles d'Islande
- Nouvelles du Maroc
- Nouvelles de Serbie
- Nouvelles d'Ukraine
- Nouvelles de Tunisie
- Nouvelles de La Réunion
- Nouvelles de Singapour
- Nouvelles de Côte d'Ivoire
- Nouvelles d'Égypte
- Nouvelles de Nouvelle-Calédonie
- Nouvelles de Corée
- Nouvelles de Malaisie
- Nouvelles de Cuba
- Nouvelles du Congo
- Nouvelles de Bretagne
- Nouvelles de Colombie
- Nouvelles de Hongrie
- Nouvelles de Montréal
- Nouvelles de Taïwan
- Nouvelles de Suisse
- Nouvelles du Pérou
- Nouvelle de Belgique
- Nouvelles du Rwanda
- Nouvelles du Chili
- Nouvelles de Suède

Cet ouvrage a été réalisé avec le concours des élèves de l'ÉMI-CFD pour la première édition, et nous tenons à remercier Jean-Louis Gouraud, Tómas I. Olrich, Éric Boury et Régis Boyer, ainsi que les éditions Forlagid et Uppheimar.

MINIATURES

NOUVELLES D'ISLANDE

MAGELLAN & Cie

Nouvelles d'Islande

Avant-propos

« J'avais le sentiment de connaître cet homme sans bien savoir qui il était. Soudain, la lumière se fit. C'était August Strindberg. Lui, Strindberg, qui plus que tout avait redouté l'enfer, qui avait de son vivant écrit sa terreur de l'enfer, était là à présent qu'il était mort, à Ikea en Islande – lui qui avait décrété que l'enfer terrestre était Lund, alors qu'il ne connaissait presque rien de l'Islande, et absolument rien d'Ikea, qui n'existait pas de son temps. Je vis qu'il s'affaissait davantage devant son verre, cet homme condamné pour l'éternité. Lui qui avait écrit dans son journal : "Celui qui dit que la vie est merveilleuse est soit un cochon soit un imbécile." »

Extrait de *Inferno*, de Gyrdir Elíasson.

Tout là-haut en direction du Groenland, aux confins de l'océan Arctique que bordent le Canada, les États-Unis (avec l'Alaska), le Danemark (par le Groenland), la Russie et la Norvège : l'Islande. Une petite île de presque trois cent cinquante mille habitants et d'un peu plus de cent mille kilomètres carrés. Une île de toundra, de vent, de glace, de cent trente volcans et... de sagas.

Preuve s'il en est que la nature la plus sauvage et la littérature peuvent faire bon ménage.

Pendant des siècles, l'Islande fut un pays parmi les plus pauvres d'Europe. Le développement urbain y était presque inexistant et la vie culturelle limitée – à l'exception notable de la littérature. L'Islande connut ensuite un âge d'or d'écriture aux XIIIe et XVIe siècles quand les fameuses « sagas islandaises » apparurent. À cette singularité s'en ajoute une autre : la continuité linguistique de la langue islandaise qui, ayant subi peu de changements au cours des siècles et conservé une certaine pureté, du fait de l'isolement de l'île, signifie que même aujourd'hui les Islandais peuvent lire sans difficulté leur littérature médiévale. D'ailleurs, tous les Islandais savent lire, et un Islandais sur dix écrira un livre un jour, et sera publié. L'Islande détient le record mondial du nombre de livres publiés chaque année par habitant. Halldór Laxness (1902-1998), prix Nobel de littérature en 1955, est le chef de file de la nouvelle littérature islandaise. Mais une nouvelle génération d'auteurs islandais émerge depuis le début du millénaire. « En Islande, nous n'avons pas de cathédrales somptueuses, de bâtiments imposants, ni d'autres grands témoignages de notre passé. Nous n'avons que nos histoires », dit Sjón, poète, écrivain, et parolier de Björk.

Malgré leurs patronymes à rallonge, les Islandais sont en train de se faire un nom. Dynamisés par le succès, nombreux sont les auteurs de polars, Arnaldur Indridason en tête, dont les livres sont désormais publiés et traduits à l'étranger. La littérature insulaire en profite pour s'exporter de plus en plus, révélant à chaque livre une nouvelle facette de son univers étonnant, entre rêve et réalité.

Narrative, étrange, ironique, loufoque, absurde et poétique, la littérature islandaise surprend le lecteur. « Tout est question de relativité. Sur l'île, les frontières entre vie et mort, entre le corps et l'esprit, entre le monde matériel et le monde spirituel, entre le visible et l'invisible sont poreuses. Même dans l'Islande ultra-capitaliste du XXIe siècle, elles se chevauchent, se croisent, s'estompent, s'embrassent. » Aucune de ces caractéristiques ne manque aux six nouvelles islandaises de ce recueil de la collection « Miniatures ». « Einar Már Gudmundsson ou Gudrún Eva Mínervudóttir sidèrent par leur univers vaporeux et insaisissable où la fantaisie a depuis longtemps contaminé le réel »[1].

Les nouvelles de ces deux auteurs, ainsi que celles de Sveinbjörn I. Baldvinsson, Magnús Sigurdsson, Gyrdir Elíasson et Thórarinn Eldjárn, témoignent d'un imaginaire propre à ces hommes et femmes qui côtoient les volcans et les grands espaces glacés.

Pierre ASTIER

1. Les citations sont tirées du dossier « L'Île mystérieuse », établi par Mikaël Demets, pour le site www.evene.fr.

Icemaster

Sveinbjörn I. Baldvinsson
traduit de l'islandais par Régis Boyer

Papa n'était jamais là. Nous autres, les enfants, frère et sœur, nous ne le voyions jamais. C'est ce qu'il me semblait. On ne parlait presque jamais de lui. Jusqu'à ce jour, je ne l'ai jamais vu sur une photographie.

Mais quelque part, au plus profond de moi, j'avais une image de papa. Je pouvais la convoquer à volonté. Parfois, elle venait simplement. Sans se faire prier. Je peux la susciter maintenant. Papa est assis sur la chaise verte dans le séjour. La porte du balcon est ouverte sur l'obscurité. Il pleut. Le sol est mouillé de ce côté-ci du seuil. Je ne vois pas son visage. Seulement sa nuque. Il se tient la tête entre les mains, car je vois le bout de ses doigts dans ses cheveux. Des cheveux foncés et bouclés. Rien à voir avec les miens. Jusqu'à cette nuit, je n'ai jamais su ce qu'il en était réellement de ce souvenir. Magga ne se rappelait rien. Maman ne voulait rien se rappeler. Néanmoins, elle ne niait pas qu'il s'agissait de papa. Magga et moi, nous découvrîmes de bonne heure combien cette absence de papa était pénible. Une sorte de handicap. Chacun de nous était un être achevé en soi, mais, en tant que famille, nous étions inaboutis.

À l'époque, je pensais que, rien qu'à nous regarder, on voyait que nous n'avions pas de papa. Je sentais ce regard. Un mélange de compassion et de soupçon. Il m'a suivi toute ma vie.

Quand Magga et moi allions à la boutique, j'avais le sentiment que tout le monde cancanait dans notre dos. Inutile d'essayer de me convaincre que notre papa pouvait être au travail. Il n'y avait de papa ni au travail ni à la maison. Il n'existait nulle part.

Le pire, c'était le soir, au dîner. L'heure où les papas appelaient parfois leurs enfants. Nous rentrions souvent à la maison avant que maman n'ait à appeler, uniquement pour que les autres enfants ignorent que papa ne pourrait pas le faire. Bien sûr, la plupart savaient que nous n'avions pas de papa. Tout de même, on réussit à les abuser dans la période qui suivit l'aménagement dans le quartier. Notre papa pouvait être marin.

Nous inventions des histoires sur son compte, ma sœur Magga et moi. Papa qui se transformait en courant d'air, en nuage. Papa tuait tous les ennemis. Papa mourait aussi.

Papa nous causait des difficultés dans la vie. Et dans les histoires. Il ne voulait pas en être. Voulait seulement la paix. Très loin.

Nous habitâmes d'abord dans les Hlidar[1]. Nous ne nous souvenons de rien. Papa s'en souvient. Je vois uniquement la maison de l'extérieur. Une maison biscornue. Avec un étage et une cave, une pelouse devant et un jardin potager derrière. Une maison comme papa. Marquée d'une absence pénible. La maison possède une dépendance carrée sur une moitié de la façade et une autre en arc de cercle sur l'autre. Il y a une chambre entre ces deux dépendances. Peut-être y ai-je dormi. Cela m'est souvent arrivé. J'ai l'impression que toute mon enfance s'est passée à dormir dans des dépendances.

1. Division administrative de Reykjavik. (N.d.É.)

Non. Nous habitions au premier. Il était plus petit que le rez-de-chaussée et possédait un grand balcon. Avec une balustrade. Il y a longtemps de cela. Les années passent. Une à une, elles se sont amassées en nous. En papa. Autour de papa.

Quand je suis revenu de l'étranger, je me suis mis à travailler dans une entreprise de déménagement. Peut-être à cause de mon éternel manque de racines, je n'ai jamais su ce que j'avais envie de faire. Ou d'être.

J'étais dénué de tout, sauf de livres de poche et d'illustrés. Je suis passé par diverses universités comme un courant d'air. Dans un bruit de vent et de claquements de portes. Et comme ces poètes morts qu'on étudie dans les écoles, je ne présentais jamais aucun examen. J'étais seulement parti de la maison.

J'eus plus de chance pour l'appartement. Je louai un appartement mansardé à Thingholt[2]. Je récupérais de vieux appareils ménagers ici et là. Mon grille-pain avait servi à bord du *Gullfoss*[3].

---

2. Quartier de la vieille ville de Reykjavik. (N.d.É.)

3. Nom d'un navire tiré du mot *gullfoss* signifiant « chute d'or ». Gullfoss est aussi le nom d'une succession de deux chutes d'eau situées sur la rivière Hvítá, célèbre attraction touristique pour son arc-en-ciel quasi permanent. Une légende dit qu'une fille menaça de se jeter dedans si la rivière était utilisée pour produire de l'électricité, projet qui fut alors abandonné. (N.d.É.)

Ma machine à laver provenait d'une laverie où un homme avait été assassiné. Elle avait tout observé de son grand œil nuageux. Depuis, il y a toujours eu une petite fuite le long du hublot.

Mais je n'avais pas de réfrigérateur. Magga me téléphona au travail pour me dire qu'elle en avait un pour moi. Je me rendis chez elle en voiture. Des années auparavant, avec son mari, elle avait acheté une maison à peine terminée. Ça n'a guère évolué depuis. Il n'y a toujours pas de véritable escalier pour gagner l'étage et aucune finition intérieure.

Or le mari de Magga – par ailleurs un maître, à bien des égards, au jeu d'échecs par correspondance – est terriblement sujet au vertige. Magga aussi. Ils ne montent jamais à l'étage sans y être forcés. Par un incroyable concours de circonstances, Bogi, cette victime du vertige qu'elle a pour mari, est né à bord d'un avion au-dessus des fjords de l'ouest. La vie est pleine de coïncidences.

Ils vivent seuls. Sans enfants. Comme je le disais, lui est un maître, à bien des égards, au jeu d'échecs par correspondance. Magga est comme elle est. Il lui manque quelque chose. Quelque part. Peut-être a-t-elle été blessée…

Le réfrigérateur que Magga me destinait était à l'étage. Je ne sais pas comment il avait échoué là. Je n'ai pas demandé. Ça me semblait sans importance. En outre, les explications sont toujours longues et enchevêtrées.

Au premier coup d'œil, je sus que ce n'était pas un vieux réfrigérateur ordinaire.

Il n'y avait pas d'éclairage là-haut. Seulement la lumière qui venait de la cage d'escalier. Magga s'excusa pour ce chantier. Un épais nuage de poussière s'échappa quand je me cognai à un bout de planche sur le palier. Mais, dès que l'atmosphère s'éclaircit, j'entrevis l'éclat de ce monstre blanc et brillant. Ou de cette statue de sel ?

Sur la porte était écrit, en lettres dorées, « Icemaster ».

J'appelai quelques gars avec le talkie-walkie et ils m'aidèrent à transporter le réfrigérateur jusqu'à la voiture. Puis nous nous rendîmes tous chez moi, à Bergstadastræti. Je conduisis en première, et tout doucement, pour qu'il n'arrive rien au réfrigérateur. C'était comme un convoi funéraire. Était-ce un présage ?

Ce fut une affaire incroyable que de le hisser dans les escaliers. Les marches grinçaient, la rampe craquait. Des relents de sueur persistèrent pendant plusieurs jours dans l'escalier.

Quand les gars furent partis, nous restâmes seuls, tous les deux. Moi et ce réfrigérateur d'un poids stupéfiant. Faute de pouvoir le passer par la porte de la cuisine, je le laissai dans le séjour. Le haut touchait le plafond mansardé. N'ayant pas envie d'en faire davantage ce jour-là, je m'assis sur une chaise, face au réfrigérateur.

Le séjour se termine par une porte-fenêtre donnant sur un balcon. Je l'avais ouverte pour aérer et m'étais posé là, sur la chaise, regardant le ciel s'assombrir, le jour se retirer en forme de carrés réguliers glissant le long du plancher, de plus en plus, au fur et à mesure que le soleil déclinait. La lumière dessinait des figures géométriques dans la poussière suspendue. Des espèces d'étoiles brunâtres scintillaient dans des cônes lumineux déformés.

Au loin, on entendait la circulation du centre-ville et le bruit de l'aérodrome. L'odeur de kérosène pénétrait par la porte-fenêtre. Dans mon séjour, le moteur du réfrigérateur bourdonnait comme une petite centrale électrique.

C'est ce genre de moment que, d'une certaine façon, on trouve important. Sans savoir pourquoi.

Comme si l'on était dans un film. Comme si l'on était un héros de roman. Comme si l'on signifiait quelque chose.

J'ai fréquemment éprouvé ça. Mais, ce qui rendait cet instant tout à fait particulier, c'est que, peu à peu, j'en saisis le pourquoi, la cause : c'était la première fois que je rencontrais papa.

Il était là. Je pouvais presque le toucher. Mais je ne le voyais pas. Bien sûr.

Ma première réaction fut d'essayer de le faire disparaître. Je me remémorai divers épisodes tristes. Je les voyais défiler à toute vitesse : maman levant les yeux, en pleurant, de la table de la cuisine, son épluche-légumes à la main ; maman et grand-mère chuchotant par-dessus la table à repasser ; maman nous arrachant, à Magga et à moi, de grandes pantoufles que nous avions trouvées dans une armoire. Nous, en train de déménager. Encore et encore. Le foyer ; le poids de l'existence ; le poids des ballots à descendre ; les progrès de la macadamisation. Tout ça à cause de papa. Le grand camion de déménagement à Brædraborgarstigur. Le petit camion bleu à Laugarnesvegur. Les meubles empilés, surmontés d'un réfrigérateur américain qui brille. Le tout couvert de neige.

Maman ne savait pas ça ?

Les premières semaines après mon installation à Bergstadastræti, il ne se passa rien. Je faisais mes tournées en camion à travers la ville, pour mon travail, comme d'habitude. Du mobilier de Sólheimar à monter à Asparfell. Du ciment pour Artúnshöfdi. De vieux habits dans des caisses pour la décharge. La télévision en noir et blanc, le soir. Une séance de cinéma, rarement. Une demi-bouteille d'eau-de-vie et le bal, le week-end.

De brèves aventures nocturnes avec des femmes ardentes et douces qui disparaissaient, blêmes et fatiguées, dans des taxis poussiéreux, le matin. J'ai remarqué qu'elles ne lèvent jamais les yeux vers moi, posté à la fenêtre de la cuisine, avant de monter dans l'auto. Elles s'assoient sans hésiter sur la banquette arrière, voilà tout. Le taxi démarre et, à un endroit donné de la rue, la carrosserie de la voiture renvoie sans pitié la lumière du soleil droit dans ma fenêtre.

Ça arriva cette nuit-là. J'étais allé dans la cuisine pour prendre un verre de jus de fruits. Dans le lit, une femme endormie qui s'appelait Laura. Elle étudiait l'informatique. Elle ronflait. Nous étions rentrés ivres tous les deux. Trop ivres pour pouvoir faire quoi que ce soit. Mais nous l'avions pourtant fait. C'était à peu près aussi agréable que de s'installer dans un Photomaton et d'appuyer sur le bouton. Avec un résultat à l'avenant.

Je m'assis sur la vieille chaise du séjour, sirotai mon jus de fruits en écoutant la rumeur de la nuit. Dehors, le jour venait, les oiseaux commençaient à pépier dans les arbres. Alors, j'entendis des voix humaines. Je dressai l'oreille : c'étaient un homme et une femme en train de parler. Ou plutôt de se disputer. Furieux. Un petit enfant braillait sans arrêt.

Je me levai en essayant de discerner d'où venait ce bruit. Il ne venait pas du dehors. Que la fenêtre soit ouverte ou fermée ne changeait rien. À l'étage du dessous, tout était silencieux également.

Je m'allongeai par terre pour m'en assurer. Mais, alors que j'étais étendu sur le plancher, je remarquai que le bourdonnement du réfrigérateur s'était tu. Pourquoi ?

Je me dirigeai vers lui et posai l'oreille contre la porte froide et blanche. Je ne parviens pas à reconstituer ce qui se passa ensuite. Je sais que je devais être encore un peu ivre et sans doute plus fatigué que d'habitude. Je n'ai pas d'autre explication. Mais soudain je découvre que je ne suis plus dans l'appartement de Bergstadastræti.

Je ne tiens plus un verre de jus de fruits, mais un jouet, un petit camion. Je suis un petit garçon en proie à une peur mortelle, assis près d'un énorme réfrigérateur blanc dans une cuisine obscure.

Je ne distingue pas les mots. Seulement l'écho incompréhensible de voix furieuses. Et Magga qui pleure. Je me coule jusqu'à la porte et regarde dans le séjour. Papa se lève d'un bond de son siège vert, se rue vers maman, la bouscule. Elle tombe en heurtant le berceau. Il se met à rouler. Je vois tout cela très distinctement. La porte du balcon est ouverte. Il n'y a pas de balustrade. Je sais. Je sais aussitôt ce qui va arriver. Le berceau roule. Les roues grincent. Le seuil est bas. Dehors, il fait noir. Je vois le berceau disparaître dans l'obscurité. J'entends le bruit sourd de sa chute. Maman regarde papa. Ça fait mal. Je sens un goût de fer dans ma bouche. Puis elle se met à courir ; j'entends ses pantoufles claquer comme la foudre sur les marches de l'escalier. Papa se laisse tomber dans la chaise verte et se prend la tête entre les mains. La porte du balcon est ouverte. Le sol est mouillé de ce côté-ci du seuil. Des cheveux foncés et bouclés. Rien à voir avec les miens.

Après un court moment, il se lève et se dirige vers mon coin. Je me cache sous la table de la cuisine. Il ne me voit pas.

Il ouvre le réfrigérateur, le vide et retire les étagères. Je ne vois pas son visage. La seule clarté vient de l'ampoule du réfrigérateur et il se tient devant. Son ombre géante se déplace au plafond de la cuisine comme un nuage noir.

Une fois le réfrigérateur vidé, il tripote le thermostat : le bourdonnement augmente. Il hésite un instant. Puis il s'y introduit. Il s'accroupit. Se tourne. Je le vois de profil. Il transpire. Après quelques secondes interminables, sa main, avec sa bague et la manche de sa chemise de nylon blanc, se tend vers la porte et la referme en claquant. Je le vois faisant cela. M'a-t-il vu ?

Je sors de sous la table en rampant. Je sens que je me suis pissé dessus. J'enlève mon pantalon de pyjama, le laisse dans le couloir et entre dans la chambre en courant. J'ai quelque chose de gros et de lourd au fond de la gorge.

Puis les événements se bousculent. Maman arrive. Elle tient Magga dans ses draps. Elles sont couvertes de sang. Elle m'habille et nous sortons en courant tous les trois. Comme si la maison allait s'écrouler sur nous. Il pleut. Le berceau gît dans le jardin, brisé. La porte du balcon est ouverte ; la lumière éteinte dans le séjour. Comme si nous étions à la maison. Comme si rien ne s'était passé. Rien, jamais.

Maman connaît le chauffeur de taxi. Elle lui dit que papa a disparu. Que la police est à sa recherche, que l'enfant semble presque intacte. Que c'est un miracle. Je ne dis rien. Pas un mot.

J'ai repris mes esprits quand j'ai heurté la poignée du réfrigérateur. J'ai noté que je baignais dans une flaque, que j'étais épouvanté. En fait, ce n'était que du jus de fruits que j'avais renversé.

Je ne savais plus bien ce que je devais faire.

Laura ronflait encore dans le lit. Dehors, il faisait désormais clair ; on entendait une radio quelque part, une messe.

Je m'habillai. Me passai la tête à l'eau froide sous le robinet de la cuisine. Avant de sortir, je débranchai le réfrigérateur. Ça me semblait plus sûr, dans un sens.

Puis je me mis au volant et partis. Sans but précis. Mais, inconsciemment, j'étais monté dans les Hlidar. J'arrêtai l'auto en face de la maison biscornue et la contemplai un moment.

Un gros camion de déménagement stationnait devant. Des gens s'installaient ici. Un jeune couple avec deux enfants. Je faillis courir vers eux pour leur dire d'arrêter, mais je me rendis compte de l'incongruité de la scène. Un homme parfaitement inconnu qui divague à propos d'un balcon sans balustrade et d'un cadavre dans un réfrigérateur.

Je revins chez moi. Laura était partie. Je m'assis à la table de la cuisine et réfléchis. À moi. À papa, que j'avais enfin trouvé. Uniquement pour le voir disparaître. J'étais résolu à suivre son exemple et à disparaître pareillement. Dans un nuage peut-être. Ou dans le vent.

J'aurais pu empêcher qu'il meure. Mais je ne l'avais pas fait. Il n'avait jamais su que Magga avait survécu à sa chute.

Je branchai le réfrigérateur. Poussai le curseur au maximum. Dictai mon annonce par téléphone : « Réfrigérateur à vendre. Renseignements à Bergstadastræti, etc. »

Il ne me restait plus qu'à demander à quelqu'un de transmettre mes salutations à maman et à Magga, et à vider les étagères.

Mais, comme toujours quand il faut agir, je ne sais pas si c'est bien ce que j'ai envie de faire.

Je descendrai peut-être plutôt pour faire une promenade en bas vers le Tjörn. Ou prendre une glace dans Lækjargata et laisser le choc s'effacer tranquillement, doucement, dans le soleil.

Ou bien je déposerai ce texte dans le freezer et je m'accroupirai moi-même dans le réfrigérateur. *Bye bye*.

Je ne sais pas. Je ne sais pas encore. Peut-être vais-je le savoir tout de suite. Peut-être jamais.

Je suis assis sur la chaise.

La porte du balcon est ouverte.

Les pieds de la libraire

Gudrún Eva Mínervudóttir
traduit de l'islandais par Catherine Eyjólfsson

Nombreux étaient ceux qui avaient pris l'habitude de se rendre à la librairie plus par intérêt pour Marta que pour les livres qu'elle vendait. Non qu'il y ait eu là-dessous quoi que ce soit de suspect ou de pathologique, mais elle attirait l'attention de ceux qui avaient les yeux ouverts sur les singularités de leur environnement et avait l'art de provoquer la curiosité de ceux qui, par ailleurs, n'avaient pas l'habitude de fourrer leur nez dans les affaires des autres.

Comment s'y prenait-elle ? Pas à l'aide d'un sourire énigmatique ni d'une autre coquetterie, et ce n'était pas non plus l'effet de ses jupes intemporelles de velours noir ni de ses blouses de soie crème, qui évoquaient concertos pour violoncelle et voitures à cheval. Bien des femmes s'habillaient ainsi sans que nul n'en perdît le sommeil. Non, ce n'était rien en particulier, cela tenait seulement à la personnalité de cette femme, qui possédait et gérait la librairie de la rue Lyngstræti.

Elle éveillait plus que de la curiosité, elle suscitait chez les gens quelque chose qu'on pourrait aller jusqu'à désigner comme du respect. Il ne serait venu à l'idée de personne de marchander avec elle, et nul n'aurait songé à lui demander de s'activer un peu, bien qu'elle fût lente à la détente. Les enfants qui venaient chaparder des livres osés oubliaient leur dessein quand Marta leur offrait des « baisers en chocolat » dans un bol de cristal.

Parfois des photographes faisaient un saut dans le magasin ; leur regard s'attardait sur le dos droit de Marta, sa jupe rectiligne descendant jusqu'aux chevilles et son épaisse chevelure grisonnante, mais ils n'osaient pas lui demander de poser comme à n'importe quelle petite sotte et se contentaient de photographier le rayon des vieux bouquins reliés en cuir, les cartons de livres de poche d'occasion, le présentoir où elle exposait des ouvrages spécialement choisis et le lourd bureau sculpté devant lequel elle s'asseyait parfois le matin pour rédiger factures et quittances.

Ceux qui se considéraient comme de fidèles clients-pas-comme-les-autres entamaient parfois la conversation avec Marta, qui accueillait de bonne grâce leur démarche. Il lui arrivait de s'oublier et de parler d'elle-même jusqu'à ce que ses joues rougissent et qu'elle finît par dire : « Eh bien, il est temps de mettre fin à ce verbiage. »

Ceux qui étaient intéressés et patients avaient ainsi appris diverses choses sur Marta. Qu'elle avait hérité du magasin de son grand-père maternel dont l'unique vœu avait été que Marta, et elle seule, continuât de gérer la librairie, et qu'elle avait abandonné ses études d'infirmière pour accéder à sa requête.

Un jour, elle se tenait adossée à la grande bibliothèque, une tasse de café au creux des mains, et bavardait avec une vieille dame qui venait parfois acheter une revue. La femme ne quittait pas des yeux les lèvres de Marta et lui posait des questions si particulières que la libraire céda à son propre désir d'évoquer un jour d'hiver glacial, vieux de plus de quarante ans.

Sa mère et elle prenaient le plus souvent le bus le matin, mais elles allaient parfois à pied, comme ce jour-là. La petite Marta était pieds nus dans ses bottes de caoutchouc, et ce détail échappa totalement à la maman. Elles se mirent en route par un blizzard mordant. Leurs visages étaient figés par le froid, leurs cuisses engourdies et leurs mains raidies dans les moufles de laine. Elles n'avaient pas marché longtemps que Marta commença à avoir mal aux doigts de pied. La douleur s'amplifia jusqu'à ce que la petite refusât de faire un pas de plus, mais sa mère la tira par le bras en disant qu'elle ne pouvait se permettre d'être en retard. Puis la douleur s'estompa et disparut, et Marta s'amusa jusqu'au soir à creuser une grosse congère de l'intérieur pour en faire une maison.

La vieille dame n'eut pas besoin d'entendre la fin de l'histoire, mais elle demanda tout de même si Grímur, le médecin, avait dû les amputer tous.

– Trois à chaque pied, dit Marta.

Le timbre de sa voix était si bas que les gens retenaient leur souffle et écoutaient de tout leur corps quand elle émettait un mot.

Les yeux de la vieille dame s'agrandirent à la pensée des pieds mutilés de Marta.

– Si j'avais une fille, je veillerais à ce qu'elle n'ait jamais froid, dit Marta.

La vieille dame ouvrit des yeux encore plus grands. Son ouïe n'était pas sans défaut, mais elle aurait pu jurer que Marta révélait par là qu'elle avait une fille. Brûlant de la curiosité inassouvie de savoir qui était le père de l'enfant, elle dut cependant payer et prendre congé. Il aurait été grossier de poser la question, et l'idée ne serait venue à personne de faire preuve d'impolitesse à l'égard de Marta.

Ce n'était donc pas l'amour des livres qui attirait tous ceux qui se rendaient à la librairie de Marta. Certains s'intéressaient davantage à la libraire en personne, et la rencontre avec deux hommes ainsi disposés allait bousculer cette vie tranquille au point de la faire voler en éclats.

Le premier se présenta le lendemain du jour où Marta avait révélé à la vieille dame qu'elle n'avait que deux orteils à chaque pied. Elle avait le sentiment d'avoir franchi une limite imperceptible et ne se sentait pas bien. Elle salua l'homme cordialement, mais c'est à peine s'il lui accorda un regard avant de se diriger droit vers les cartons de livres de poche dont il préleva quelques exemplaires tout en étudiant le choix existant. Il ne se donna pas la peine de remettre les livres à leur place et n'acheta rien, donnant à entendre que le stock de Marta laissait à désirer. Il revint pourtant le lendemain et acheta un livre sur des êtres venus d'autres planètes pour visiter la Terre. Marta l'avait lu et l'avait trouvé amusant, bien qu'un peu léger.

Elle n'avait pas l'habitude de donner son opinion sans en être priée, mais elle proposa à l'homme de se servir dans le bol de cristal. Il s'empara d'une grosse bouchée de massepain et regarda Marta tout en mâchonnant, les joues distendues.

Lorsqu'il vint pour la troisième fois, il pointa le doigt sur elle comme si elle était un objet et dit : « Chaque fois que je vous vois, ça me donne envie de priser. »

Marta avait beau être très raffinée, elle n'était pas bégueule. Elle répondit : « Chaque fois que je vous vois, j'ai envie d'écouter du Haendel. »

L'homme regarda fixement devant lui puis fut secoué d'un rire qui lui fit ouvrir grand la bouche.

Marta sourit avec modestie. Puis, sans savoir pourquoi, elle tira le tiroir du bas du bureau et en sortit deux tabatières en argent qui avaient appartenu à son grand-père. Elle les donna à l'homme.

– Quoi ? Qu'est-ce ? dit-il.

– Je ne peux pas m'en servir, dit-elle, et il était évident que c'était la vérité.

L'homme s'appelait Bárdur.

Une semaine passa, puis deux, et elle commençait à se dire qu'elle avait dû l'éloigner sans le vouloir, quand il arriva, avec un air de beurre fondu. Il s'attarda longuement entre les étagères avant de lui adresser la parole. Il était venu lui donner cette babiole, dit-il en lui tendant un disque, l'édition de prestige du *Messie* de Haendel.

Après cela, on les vit souvent parler ensemble à voix basse ; à en juger par les rides profondes du front de Marta et la gesticulation de Bárdur, ils étaient à la recherche d'un principe universel de morale ou quelque chose de ce genre. S'ils paraissaient quelquefois d'accord, ce n'était pas toujours le cas, et les spectateurs attentifs remarquèrent que, bien qu'ils n'aient pas bougé, ils avaient les joues rouges et les cheveux en désordre comme après un gros effort.

Passons maintenant à l'autre homme. La première fois qu'il entra dans la librairie, il portait un costume finement rayé qui s'harmonisait incroyablement bien avec le bol de cristal, et tout comme la chevelure de Marta, le tissu était sombre avec de fines rayures argentées.

Marta n'utilisait pas de parfum, seulement de l'huile essentielle de pétales de lis, une goutte derrière chaque oreille, et nul ne pouvait savoir avec certitude si c'était vraiment l'arôme des lis ou pure imagination née de la texture douce et brillante des blouses qu'elle revêtait. C'était comme si son esprit envahissait tout l'espace.

Trois clients, un homme et deux femmes, plongés dans un livre chacun dans leur coin, levèrent la tête au même instant et virent un homme bien habillé entrer, incliner la tête et souhaiter le bonjour. Il leur sembla percevoir nettement le parfum, mais ils conclurent que celui-ci avait dû venir de l'extérieur quand la porte s'était ouverte. Étrange conclusion, compte tenu du fait que l'automne était bien avancé, qu'il gelait la nuit et que les fleurs du printemps étaient depuis longtemps retournées à la terre.

L'homme regarda autour de lui avant de se diriger vers l'étagère où Marta avait rangé les livres d'histoire et de savoir populaire. Il demanda quel était le prix de la série complète de *Notre Siècle*. Leur échange n'alla pas plus avant et elle ne lui proposa rien du bol de cristal. Mais il revint, et ils parlèrent alors avec hésitation de la description de la nature dans les œuvres de Jón Trausti[1]. Il s'appelait Marteinn et se présenta une fois à six heures moins cinq, avec un sac provenant du magasin d'alimentation. Il dit avoir acheté du steak au poivre, mais le conditionnement était tel qu'il y en aurait assez pour deux ou pour trois, et pourrait-il alors l'inviter, si elle n'avait rien de mieux à faire ? Elle accepta avec gratitude, alla chercher son manteau et éteignit toutes les lumières du magasin.

Bárdur venait tous les jours à la librairie pour voir Marta, et ils ne semblaient jamais à court de sujets de conversation palpitants. Marteinn venait aussi tous les jours, mais le hasard fit en sorte que les deux hommes ne se trouvèrent jamais dans le magasin au même moment. Ils ignoraient donc l'existence l'un de l'autre, et chacun était tout faraud de la place de choix qu'il occupait dans la vie de Marta. Mais quelle était leur place exactement ? Au point où en est l'histoire, Marta avait passé la nuit avec l'un et l'autre. Marteinn avait été le premier. Il l'invita chez lui et prépara des steaks au poivre

1. De son vrai nom Guðmundur Magnússon (1873-1918), connu sous son nom de poète Jón Trausti. Ses poèmes sont devenus des chansons populaires en Islande. (N.d.É.)

moyennement cuits qu'ils arrosèrent de deux bouteilles de vin. Il avait un grand lit à tête et pied en bois de cerisier sculpté, et Marta décida en son for intérieur que, s'il prenait le temps de plier ses vêtements, leur liaison serait vouée à l'échec, mais que, s'il s'en abstenait, ce serait de bon augure.

Il mit son pantalon sur une chaise et suspendit sa chemise à la poignée de la porte.

Marta prit une profonde inspiration et déboutonna sa blouse. Elle ôta tous ses vêtements, sauf les bas. Elle refusa absolument de les enlever bien qu'il l'en priât gentiment et poliment.

Plusieurs semaines avaient passé ensuite et ils avaient souvent couché dans le même lit. Mais Marta ne quittait pas ses bas, non plus qu'elle évoquait, ne fût-ce que d'un seul mot, ses pieds difformes.

C'est alors que Bárdur décida de montrer qu'il était un homme. Il arriva juste avant midi, arborant un tee-shirt avec l'inscription « *Kiss me* », au moment même où Marta s'apprêtait à fermer boutique.

Marta verrouilla la porte, éteignit les lumières et pénétra dans une petite pièce au fond du magasin. Pour chercher son manteau, dit-elle. Elle ne reparut pas, et quand Bárdur, fatigué d'attendre, alla la rejoindre, elle était assise sur un divan à carreaux et semblait n'avoir rien de spécial à son programme. Le manteau était accroché à une patère au mur. Elle enleva ses chaussures, il lui ôta ses bas et baisa ses orteils, deux à chaque pied. La zone où les orteils manquants auraient dû se trouver était particulièrement sensible au toucher.

Désormais, Marta fermait toujours la librairie à midi et confinait ses rencontres avec Bárdur à cette heure-là. Quand il arrivait, elle commençait toujours par enlever ses bas.

Bien entendu, ce qui devait arriver arriva. Il allait être midi, et Bárdur se tenait près du bureau, picorant des friandises dans le bol de cristal en attendant que Marta fermât le magasin, quand Marteinn y pénétra.

– La librairie est fermée à midi, dit Bárdur.

– Entre donc, Marteinn, dit Marta.

Marteinn lui tendit quelque chose de mou dans un sac en plastique blanc. Elle y jeta un coup d'œil, c'étaient deux paires de bas de laine.

– Puisque tu es si frileuse des pieds, dit-il. Maman tricote trois paires comme ça par semaine, elle n'a rien de mieux à faire. Je n'arrive pas à l'arrêter.

Ce petit discours fit monter le rouge aux joues de Marta. La vérité se fit jour alors pour Bárdur, dont les épaules remuèrent.

– Frileuse des pieds, ha ha, dit-il, et la vérité apparut alors à Marteinn, qui se mit sur-le-champ à genoux et demanda à Marta de l'épouser. Les yeux de Bárdur se révulsèrent.

Plus d'une, à sa place, aurait essayé de se tirer d'affaire par une pirouette, mais pas Marta. Elle leur dit qu'elle ne pouvait épouser ni l'un ni l'autre, à moins qu'ils ne se fondissent en un seul et même homme. Ils se mesurèrent du regard avec une antipathie évidente. Puis ils restèrent simplement là où ils étaient plantés, chacun attendant que l'autre fît sa sortie.

Elle pria l'un et l'autre de partir. Elle ne pouvait se couper en deux et encore moins choisir entre eux. Mais l'incident l'avait ébranlée, et elle souhaitait rester seule, le temps de se remettre.

Le lendemain, Bárdur se présenta juste avant midi, comme à l'accoutumée. Il portait un costume analogue à celui de Marteinn.

Lamentable, pensa Marta. Elle enleva pourtant ses bas.

Marteinn vint la chercher juste avant la fermeture. Dans son sac, il y avait du fromage de tête, du hareng, du pain de seigle, et il avait l'air plutôt triste. Marta éteignit les lumières, verrouilla la porte et sortit avec lui dans le froid automnal. Les premiers flocons de neige se posèrent sur eux.

La période qui suivit fut difficile ; tous trois se sentaient offensés d'une certaine manière, tout en étant trop fiers pour le reconnaître.

Depuis l'instant où Marta ouvrait le magasin le matin jusqu'au moment où elle faisait claquer le verrou le soir, Marteinn et Bárdur ne la quittaient pas d'une semelle sauf, tout au plus, pour aller acheter des gâteaux à la boulangerie du coin. Aucun ne voulait donner à l'autre l'occasion d'avoir un moment tranquille avec Marta. Ils avaient des quintes de toux sèche, se raclaient continuellement la gorge et avaient les yeux rouges à force de plonger le nez dans des livres poussiéreux.

Leur présence était devenue pesante, au point que Marta avait toutes les peines du monde à sauver la face quand elle servait les autres clients et bavardait avec eux.

Elle ne put se retenir, à la fin, de demander aux deux hommes s'ils n'avaient pas de travail à faire, comme tout le monde – ce à quoi ils répondirent que non. Bárdur dit qu'il vivait de ses indemnités de handicapé, ce qui était mystérieux car il ne souffrait d'aucune infirmité visible. Marteinn vivait de l'héritage que lui avait laissé son père. Ils continuèrent de bouder chacun dans son coin, affectant de feuilleter des livres intéressants. Elle les soupçonnait pourtant de ne pas être regardants sur le choix de leurs lectures après les avoir vus plongés dans de vieux manuels, des cahiers de recettes, et même des magazines de tricot. Ils avaient renoncé à lui en faire accroire depuis qu'elle leur avait fait comprendre qu'ils ne pourraient jamais, pas plus l'un que l'autre, devenir l'homme qu'elle désirait, et que ce n'était qu'une façon de parler quand elle avait dit qu'elle les épouserait s'ils se fondaient en un.

Le soir, après la fermeture, elle leur disait au revoir devant le magasin avant de monter dans un taxi, tandis qu'ils s'en allaient à pied, chacun de son côté.

Lorsque Marteinn eut poussé deux quintes de toux le même jour et que Bárdur eut des mots avec une femme qui lui avait demandé de se pousser, Marta décida que cela ne pouvait plus durer. Le soir même, elle leur demanda de s'attarder un peu bien qu'il fût six heures ; elle verrouilla la porte de l'intérieur et les fit entrer dans la petite pièce du fond. Sans avoir l'air de rien, elle y avait allumé des bougies et disposé sur la table, à leur intention, des galettes de seigle, du jambon danois de conserve, du saumon fumé, des œufs de lump et des cornichons, tandis que la cafetière électrique ronronnait chaleureusement dans un coin. Elle les pria de se servir, inaugurant là une nouvelle coutume, car ils festoyèrent désormais dans la petite pièce tous les soirs. Comment faisaient-ils pour maintenir la paix ? Peut-être était-ce le café qui instillait un ton conciliant dans les échanges. Et lorsque les sujets de conversation venaient à manquer, Marta sortait les cartes à jouer, et ainsi la réunion ne languissait jamais.

Les collations du soir se déroulaient donc de manière agréable et décontractée, jusqu'à l'heure du coucher où les échanges redevenaient tendus. Marta laissa entendre qu'elle voulait bien passer la nuit avec les deux hommes, mais eux, quel que fût leur désir d'étreindre son corps chaud, ne voulaient pas l'un de l'autre. Surtout pas comme ça. Ils en arrivèrent donc à un *gentlemen's agreement* qui consistait à dire bonne nuit et à prendre congé à une heure convenable, à tour de rôle. Celui qui restait chez Marta se retenait de remuer le couteau dans la plaie de l'autre par des commentaires acérés. Et celui qui devait partir s'appliquait à dissimuler son infortune.

Marta sentait sa propre personne se diviser en deux. Une moitié planait au-dessus des nuages dans la joie folle qu'elle éprouvait du fait que sa vie avait pris une voie semée de péchés. L'autre moitié sentait la terre brûler sous ses pieds et croyait percevoir quelque chose d'imminent, pas forcément de mauvais, mais quelque chose qui se cuirassait de dureté divine et présageait la fin du monde.

En quarante ans, Marta n'avait pas souffert de la perte de ses orteils, mais elle commençait à présent à éprouver une sorte d'engourdissement, comme lorsque le sang coule de nouveau dans des veines desséchées. Elle avait un fourmillement dans les six orteils qu'elle n'avait plus vus depuis qu'ils avaient reposé sur une gaze ensanglantée chez le médecin. La sensibilité de ses pieds augmentait de jour en jour, et Bárdur s'était mis à se documenter sur toutes les formes de possession du corps par les esprits. Il avait toujours quelque chose de nouveau à raconter là-dessus. Il s'était procuré quelque part des photos de gens en sous-vêtements qui montraient leurs défauts corporels, brûlures, cicatrices et moignons, comme si c'étaient des ornements.

Marta ne fut pas ravie. Elle regarda les photos et dit qu'elles étaient intéressantes, mais aussi que ces gens-là ne la concernaient pas, pas plus que ceux qui avaient des parties du corps ressuscitées et dont il parlait toujours.

Les réunions dans la petite pièce du fond du magasin se poursuivaient quotidiennement, jusqu'à un soir où la tempête mugit tellement contre la vitre qu'ils durent élever la voix. Ils discutaient de la proposition de Marteinn de se transférer chez lui, où il disposait d'un salon spacieux et d'une cuisine bien équipée.

Bárdur dit que le foyer de Marteinn ne pouvait guère être considéré comme un terrain neutre, et il proposa qu'ils continuent de se contenter de la petite pièce, ou alors qu'ils se déplacent chez Marta. Nul n'en souffla mot, mais il était évident que Bárdur ne pouvait inviter personne chez lui.

Au lieu de les exhorter à faire une partie de cartes comme elle en avait l'habitude lorsque le ton de la conversation montait, Marta se borna à fixer le mur au-dessus de leurs têtes de ses yeux vides, sans dire un mot. Cela rendit les choses pénibles pour les deux hommes, qui n'avaient pas grand-chose à se dire. Une révolution était dans l'air, et chacun des deux aurait bien voulu infléchir le cours des choses dans son propre intérêt.

Ce soir-là, c'était au tour de Marteinn de rester avec Marta, mais, lorsque Bárdur s'apprêta à prendre congé, elle les pria tous deux de partir. Par respect pour elle, ils firent comme si de rien n'était, bien que son comportement les surprît. Bárdur conclut qu'elle avait sans doute mal au ventre après avoir mangé du saumon fumé et bu du café toute la soirée, mais Marteinn pressentit que les temps allaient changer.

Après minuit, la tempête s'était apaisée. Bárdur ne dormait pas, Marteinn était esseulé ; bien que ni l'un ni l'autre n'eût l'habitude de sortir se promener tard le soir, chacun de son côté décida d'en faire autrement. En descendant la rue Lyngstræti, Marteinn passa devant la librairie close. Retournant sur ses pas une demi-heure plus tard, il trouva Marta dehors sans manteau, dans le froid glacial et le grésil. Elle souriait, débordant d'une allégresse contagieuse, et Marteinn était encore à la recherche de quelque chose à dire, lorsque Bárdur arriva et demanda ce qu'ils faisaient là tous les deux.

Marta eut un rire de gorge et releva sa jupe jusqu'aux chevilles. Elle était pieds nus. C'était la première fois que Marteinn voyait ses pieds, mais il ne manifesta aucune surprise, jusqu'à ce qu'elle pénètre dans le halo de clarté d'un réverbère. Alors les deux hommes retinrent leur souffle et se penchèrent en avant pour mieux voir : de nouveaux orteils s'étaient mis à pousser à la place de ceux qui manquaient, telles de minuscules pommes de terre nouvelles au début du printemps.

Marta dit « Bon, eh bien », et ajouta qu'elle ne pouvait pas rester là à rien faire car elle devait se préparer pour un long voyage.

Marteinn proposa de s'occuper de la librairie en son absence, mais elle lui dit qu'elle n'avait plus envie de penser à cette fichue boutique.

– Où vas-tu ? demanda Bárdur.

– Je peux guérir les autres, dit Marta.

Bárdur secoua la tête, accablé, comme si elle était déjà partie, tandis que Marteinn, la gorge serrée de joie, demandait si elle n'avait pas besoin d'un assistant-secrétaire.

La plage noire

Magnús Sigurdsson
traduit de l'islandais par Steinunn Le Breton

Ils couraient le long de la plage noire, la pluie leur fouettait le visage. La voiture était garée sur un chemin, un peu plus haut. Ils pourraient s'y réchauffer après, sécher leurs habits et découper un morceau de viande fumée du gigot qu'ils avaient emporté parmi leurs provisions.

La voiture, un vieux Combi Volkswagen avec des rideaux couleur bordeaux qu'il avait acheté peu de temps auparavant, était équipée d'un lit à deux places, de casseroles, de poêles, d'un petit réchaud, d'une lampe de poche et d'autres objets nécessaires.

Ils s'amusaient bruyamment, goûtant la sensation de la pluie sur leur visage. Les eiders qui se balançaient sur la mer étale à une petite distance du rivage surveillaient avec méfiance ces humains aux cris stridents qui avaient troublé si brusquement la quiétude du fjord.

Il se jeta alors sur elle, la renversant sur le sable et ils roulèrent l'un sur l'autre comme des enfants. C'en était presque trop, le sable s'accrochait à leurs vêtements et à leurs cheveux. Ils tournèrent sur eux-mêmes, et il l'embrassa. Puis ils se relevèrent en se tenant par la main.

« Comme on peut se comporter bizarrement quand on aime et que l'on est heureux et passionné », pensa-t-elle après qu'ils eurent enlevé le sable de leurs habits et de leurs cheveux mouillés. Elle était réfléchie et d'un tempérament calme. Elle poursuivait des études de médecine, et il lui revenait à l'esprit ce que cette discipline avait découvert de l'effet chimique de l'amour sur le cerveau. Du sable s'était infiltré sous ses vêtements, mais elle ne s'en souciait pas. Ils se déshabilleraient dans la voiture et feraient l'amour. Elle s'en réjouissait à l'avance et en éprouvait de la gratitude.

Les nuages de pluie recouvraient le paysage au point que l'on distinguait mal les montagnes alentour. La voiture n'était pas visible, ils s'en étaient considérablement éloignés en courant. Et maintenant elle se rendait compte qu'elle avait faim.

« C'est fou le bonheur que peut offrir un corps sain », pensa-t-elle secrètement. Le mot « sain » flotta un instant dans sa tête jusqu'à ce que le ruissellement de la pluie l'emporte.

Il l'avait devancée jusqu'à une crique minuscule et regardait vers le large la grisaille pluvieuse. Les vagues déferlaient à ses pieds, aspirées par le sable noir.

– J'y vais ! lui cria-t-il alors à travers la pluie en se débarrassant d'un coup de pied de l'une de ses chaussures.

Elle souriait mais s'aperçut qu'il était sérieux. Il retirait maintenant ses habits les uns après les autres jusqu'à ce que son corps mince et blanc apparaisse.

– Sois prudent, répondit-elle quand il se mit à avancer dans la mer.

Le fond était sablonneux, et le froid qui lui étreignait le corps lui arrachait des « Ouf ! » et des « Pouf ! ».

S'aspergeant les épaules et la tête, il suffoquait en recrachant l'eau salée. La pluie, qui tombait sans relâche, lui avait plaqué les cheveux sur le front. Les eiders s'étaient éloignés sur le fjord, là où les sternes fondaient sur leurs proies tels des avions de combat.

– Je plonge maintenant ! cria-t-il.

L'instant suivant, il disparaissait de la surface et réapparaissait plus loin, aspirant un grand bol d'air. Il s'imaginait qu'il était seul au monde, qu'on était en hiver et non en été, qu'il faisait nuit et non pas jour et qu'il avait décidé de se noyer.

– Sois prudent ! cria-t-elle de nouveau.

Elle savait qu'il n'arriverait pas à regagner la rive s'il attrapait une crampe en s'éloignant dans la mer glaciale.

– Reviens maintenant ! cria-t-elle.

Mais elle ne voyait plus la moindre trace de lui tant le sombre rideau de pluie recouvrait la mer. À partir de cet instant, elle ne l'entendit plus nager. Elle s'affola alors complètement et hurla de toutes ses forces. Il avait replongé et reparaissait, sortant de la grisaille brumeuse, luttant pour revenir à terre comme un naufragé, tremblant de froid, les lèvres bleues.

– Espèce d'âne, tu m'as fait peur ! hurla-t-elle en lui tendant ses vêtements.

Elle tremblait autant que lui.

– Pardon, dit-il en prenant ses affaires.

La pluie martelait sa tête mouillée et les gouttes coulaient en continu du bout de son nez comme d'un robinet qui fuit. Son corps entier frissonnait.

– Je m'imaginais que je me noyais, dit-il en enfilant son slip.

– Pourquoi ? demanda-t-elle sur un ton inhabituellement sec.

Elle lui en voulait de lui avoir fait peur.

– J'ai essayé une fois quand j'étais adolescent, répondit-il enfin.

Ils prirent le chemin du retour et le sable noir de la plage mouillée lui collait à la plante des pieds. Elle ne dit rien pendant un long moment.

– Des pensées suicidaires sont courantes chez les adolescents, expliqua-t-elle.

Sa voix n'était pas aussi chaleureuse qu'elle l'aurait voulu. Elle sonnait comme une déclaration scientifique sortie de ses cours.

– Pardon, dit-il de nouveau.

Aucun des deux ne savait pourquoi il demandait pardon.

– Dépêchons-nous d'entrer dans la voiture, dit-elle en lui prenant la main.

Tous deux partirent en courant, elle, faisant entendre des « plomp, plomp » de ses bottes en caoutchouc, lui, projetant des paquets de sable avec ses pieds.

Ils montèrent péniblement à bord du Combi par la portière arrière. Elle alluma le chauffage en se penchant vers l'avant alors qu'il se séchait et se débarrassait du sable avant de s'engouffrer en tremblant à l'intérieur de son duvet.

Elle se sécha à son tour, se déshabilla et se glissa dans le duvet à côté de lui. Ils frissonnaient dans les bras l'un de l'autre. Dans la voiture flottait une odeur de mer salée et de viande fumée. Ils oublièrent ce qui avait été dit, fait et essayé.

Ils firent ensuite l'amour dans la voiture, là où elle était stationnée, au milieu de la plage, la pluie battant toujours le toit de son rythme égal. Avec ses baisers, elle lui ôta le sel de la poitrine et des lèvres.

***

Le soir, ils s'étaient arrêtés parmi les rouleaux de foin emballés de blanc qui ressemblaient à des grêlons géants sur la prairie fraîchement fauchée et annonçaient l'hiver, et lorsqu'il fut endormi, elle se souvint de la terreur qui l'avait saisie plus tôt dans la journée. Elle sanglota en silence sous l'effet à la fois d'une tristesse confuse et de la joie que lui conférait leur saine communion physique.

Elle goûta le sel de ses larmes sans qu'il s'en aperçoive.

Inferno

Gyrdir Elíasson
traduit de l'islandais par Séverine Daucourt-Fridriksson

Nous venions d'emménager dans un appartement en banlieue, avec tout ce que cela signifie d'allées et venues, de choses en tout genre à charrier sans envie, juste pour ne pas déroger aux codes imposés par la société. Sept jours après le déménagement, ma femme décréta qu'il était temps d'aller à Ikea acheter un fauteuil plus assorti au canapé que l'ancien. Je ne fis aucun commentaire, bien que le fauteuil qui était là me convînt parfaitement.

– Tu te souviens du fauteuil que je t'avais montré ? dit-elle.

– Quel fauteuil ?

– Celui du catalogue, dit-elle.

– Non, dis-je.

– Tu ne te souviens jamais de rien.

– Puisque tu le dis, répliquai-je.

Nous avions passé la journée à fixer des tableaux aux murs et à ranger des livres sur les étagères quand arriva l'heure de la pause goûter ; nous partîmes chercher le fauteuil.

L'automne était presque là, les feuilles commençaient à tomber, et les ombres pâles des troncs se répandaient sur l'herbe dans le soleil de l'après-midi.

La circulation était épouvantable à cette heure-là, comme toujours d'ailleurs dans cette petite ville qui se prend pour une grande. J'avais allumé la radio. Bob Dylan chantait un titre de *Street Legal*. J'écoutais, regardant droit devant à travers mes lunettes de soleil.

– Ce que tu peux avoir l'air absorbé quand tu conduis, dit-elle en baissant le volume.

– Ah bon ? dis-je.

– Oui, toujours.

Un à un, les 4x4 nous dépassaient à toute vitesse. Puis le vieux sanatorium de Vífilsstadir se dressa sur l'herbe jaunie, au milieu des bosquets, avec des allures de manoir abandonné quelque part en Suède – je pense toujours à

Margit Söderholm[1] en passant par là en voiture. Derrière la bâtisse se trouvaient, couvertes de petits arbustes, des collines arrondies auxquelles la lumière automnale donnait des reflets bruns. Peu après parut au loin le bâtiment d'Ikea. Personne n'a jamais compris comment on avait pu autoriser pareille construction juste à côté des sublimes sentiers de la réserve de Heidmörk[2]. C'est une abomination, mais il est trop tard pour faire quoi que ce soit.

– Quelle horreur ce bâtiment, dis-je.

– Quel bâtiment ? demanda-t-elle en me regardant.

– Ikea, répondis-je.

– Je ne trouve pas, dit-elle.

Puis elle ajouta :

– Gare la voiture près des accès.

Alors que je me garais, l'ombre bleu pâle des murs recouvrit la voiture et nous sortîmes. Nous pénétrâmes dans le magasin par les portes tournantes automatiques. Les portes tournantes

1. Auteure suédoise (1905-1986) dont le roman *Après la rosée, la pluie* a été un gros succès en 1943. Il a été adapté au cinéma en 1946 et traduit en français en 1947. (N.d.T.)

2. Zone de conservation végétale très populaire en Islande, abritant cent cinquante espèces de fleurs sauvages, située à la sortie de Reykjavik. Quatre millions d'arbres y ont été plantés depuis 1950. (N.d.É.)

n'ont plus rien d'amusant aujourd'hui, elles sont contrôlées informatiquement, même Chaplin ne pourrait rien en tirer de drôle. Il y avait du monde à l'intérieur, le flot se dirigeait vers l'escalator, et les gens se laissaient monter en regardant dans le vide. Personne n'aurait pu dire si leurs yeux étaient pleins d'un optimisme galvanisé par le design suédois ou bien s'ils étaient dénués de tout espoir. Nous nous tenions chacun sur sa marche, regardant dans des directions différentes.

Nous déambulions entre sièges et sofas dans l'espace salon sans trouver le fauteuil que voulait ma femme. J'avais pour ma part oublié à quoi il ressemblait, mais je faisais mine de chercher.

Un jeune homme en chemise jaune passa, et ma femme l'appela.

– C'était ce fauteuil-là, dit-elle.

– Quel fauteuil ? demanda le vendeur.

– Celui-ci, dit-elle en extirpant le catalogue de son sac à main pour y pointer le fauteuil.

– Oh ! il est en rupture.

– En rupture ?

– Oui, désolé.

– Tout est toujours en rupture chez vous.

– Pas toujours quand même, dis-je pour détendre l'atmosphère.

– Si toujours, affirma-t-elle en s'obstinant.

– Je vais voir ce que je peux faire, dit le vendeur avec indifférence.

Il s'éloigna en se retournant légèrement vers nous, heurta le coin d'un canapé, vacilla et poursuivit son chemin.

Un quart d'heure s'écoula sans qu'on le revît. Impossible de mettre la main sur un semblant de vendeur. D'ailleurs, le coin des canapés était quasi désert, personne n'y passait, comme s'il n'avait plus fait partie du circuit à parcourir. J'eus soudain l'impression de me trouver dans un conte pour enfants de Jens Sigsgaard[3].

Je m'étais installé dans un canapé en cuir marron plutôt confortable, mais ma femme restait debout, excédée, scrutant les lieux avec des airs de fauve.

– Il n'y a que des crétins qui travaillent ici.

– Tu crois vraiment ? dis-je.

– Absolument.

Finalement, renonçant à attendre plus longtemps, nous avançâmes de nouveau dans le magasin, en suivant les balises du circuit, laissant au fléchage le soin de réfléchir à notre place. Nous ne regardâmes rien d'autre en chemin.

3. Psychologue et écrivain danois (1910-1991), célèbre pour ses livres pour la jeunesse. (N.d.T.)

Quand nous arrivâmes au restaurant, l'odeur des boulettes de viande suédoises grillées chatouilla nos narines. Je commençais à avoir faim. Je fis une pause à l'entrée et jetai un œil à la salle. Il y avait assez peu de monde, mais quelques personnes étaient attablées. Les autres se tenaient près du comptoir en attendant les louches de boulettes de viande et pommes de terre en sauce avec confiture d'airelles qui rempliraient leurs assiettes.

Le soleil d'automne filtrait à travers les baies vitrées et je me pris à fixer un homme assis seul à table près d'une fenêtre. Ses épaules tombaient légèrement, ses cheveux étaient roux et sa barbe clairsemée, il portait un manteau noir, col relevé, et la ceinture de même couleur traînait sur le sol. Il avait devant lui une bière qu'il scrutait comme s'il n'avait rien eu d'autre à regarder ou comme si le fond du verre avait été le miroir du monde.

J'avais le sentiment de connaître cet homme sans bien savoir qui il était. Soudain, la lumière se fit. C'était August Strindberg[4].

---

4. Écrivain, dramaturge et peintre suédois de grande renommée (1849-1912). Il est l'auteur de nombreux succès, notamment *La Chambre rouge* (roman, 1879), *Mademoiselle Julie* (théâtre, 1888) et *Inferno* (roman, 1897). (N.d.T.)

Lui, Strindberg, qui plus que tout avait redouté l'enfer, qui avait de son vivant écrit sa terreur de l'enfer, était là à présent qu'il était mort, à Ikea en Islande – lui qui avait décrété que l'enfer terrestre était Lund[5], alors qu'il ne connaissait presque rien de l'Islande, et absolument rien d'Ikea qui n'existait pas de son temps. Je vis qu'il s'affaissait davantage devant son verre. Cet homme condamné pour l'éternité avait écrit dans son *Journal* : « Celui qui dit que la vie est merveilleuse est soit un cochon soit un imbécile. »

– Regarde là-bas, dis-je à ma femme en pointant le côté opposé de la salle.

– Où ?

– Là, près de la fenêtre.

– C'est qui ?

– August Strindberg.

– C'est le directeur ? dit-elle, complètement désintéressée.

Son visage s'illumina et elle ajouta :

– Je lui dirais bien deux mots sur sa boutique à celui-là.

– Non, c'est un écrivain, dis-je.

Puis je me corrigeai :

5. Ville méridionale de Suède, située en face de Copenhague, célèbre pour son université. (N.d.É.)

– Ou plutôt c'était.

– Ce vieux-là, tu veux dire ?

– Oui.

Elle me lança un regard furtif.

– Tu veux dire que tu t'es mis à voir des zombies ?

– J'ai vu *La Sonate des spectres*[6] à l'époque.

– Mais de quoi tu parles, là, maintenant ?

– Cet homme est August Strindberg, dis-je.

Elle m'empoigna par la manche et m'entraîna jusqu'aux portes tournantes.

L'ombre s'était étendue sur le parking et il faisait plus frais. Nous montâmes dans la voiture et je démarrai lentement. J'avais envie d'allumer la radio, mais ne le fis pas.

– Plus jamais je ne viens ici, dit-elle en attachant sa ceinture avec vivacité.

– Il ne faut jamais dire jamais, osai-je répondre.

Je me mis à penser à Strindberg, à sa façon d'être assis là, totalement démuni, sans plus d'espoir, et à cette ceinture noire qui pendait sur le sol, comme une chaîne. Les deux pans de son grand manteau ressemblaient aux ailerons d'une

---

6. Pièce de théâtre de Strindberg créée en 1908 dans laquelle un étudiant, résident d'un immeuble bourgeois de Stockholm, rencontre plusieurs personnages, entre rêve (ou cauchemar) et réalité. (N.d.É.)

raie du diable. Les collines en amont semblaient irréelles dans la lumière douce, les sentiers sinuaient partout entre les petits arbres. J'aurais voulu m'y promener avec Strindberg, le tirer de cet enfer moderne.

J'aurais voulu lui dire que j'étais déjà allé à Lund et que sa vision des lieux était erronée.

Mais je ne le fis pas.

Et je ne revins jamais.

LE SENS PRIS AUX MOTS

Thórarinn Eldjárn
traduit de l'islandais par Séverine Daucourt-Fridriksson

Il était une fois un bourg où personne ne parlait la même langue. Personne n'usait du même mot pour désigner la même chose. Tout le monde pourtant se comprenait, et chacun vivait paisiblement en harmonie avec les autres. La joie de vivre, la bonne humeur des habitants était notable et, si incroyable que cela puisse paraître, ils étaient bavards. Le bourg était situé dans une région innommée au centre de l'Europe centrale. Elle était restée sans nom, si profondément encaissée depuis des lustres qu'elle avait au mieux été représentée par un trou noir sur les cartes. À vrai dire, le plus souvent, elle n'avait pas été représentée du tout.

Cette caractéristique intrigante attira finalement l'attention du reste du monde, mais l'élite des linguistes elle-même ne put l'interpréter de façon satisfaisante. Et encore moins les autochtones, incapables d'apporter le moindre éclaircissement, la question ne se posant de toute façon pas pour eux. Chacun et chacune parlaient leur propre langue, là était la normalité, l'évidence. On sait malgré tout que des explications géographiques pour les uns, politiques pour les autres, avaient déjà été avancées. Selon d'anciennes sources, en effet, la localité en question avait jouxté un certain nombre de pays. Le temps avait passé et l'histoire l'avait ballottée de l'un à l'autre, sporadiquement, revenant même parfois sur ses pas. Plus que tout autre territoire, celui-ci avait été la pomme de discorde d'une kyrielle de contrées limitrophes et de peuples à l'approche ; extension, inclusion, intersection, combinaison, exclusion, ainsi que d'innombrables entités politiques, importantes ou ridicules, érigées puis tombées au fil des jours : duchés, grandes puissances, empires, pays ancestraux, républiques, principautés, terres bénies ; et enfin alliances étatiques en tous genres, sacrées ou profanes, séculaires ou contemporaines.

Un ponte de l'élaboration des atlas historiques avait bien tenté l'impossible en essayant de faire une cartographie évolutive de la région et de ses frontières. Après des années de recherche, il s'était trouvé face à une carte où figurait un micmac invraisemblable de lignes, fort semblable à un patron de couture de chez *Burda*[1], le gros magazine. Et d'ailleurs, son épouse, l'ayant utilisée par erreur, avait réussi sans peine à réaliser un tailleur, un blouson et deux robes de soirée avant de comprendre sa méprise. Quoi qu'il en fût, les habitants du bourg avaient eu durant des siècles l'expérience de tous les types de gouvernement répertoriés. Ils furent ainsi confrontés à la monarchie, l'autocratie, la tyrannie, la démocratie et au gâchis – pour n'en citer que quelques-uns. Ces bouleversements, exactions et revirements, réformes et révolutions, allant de pair avec une grande confusion, les habitants se lassèrent bien vite des incessants changements de langue en fonction de qui les gouvernait, et comment, et pourquoi. Ils finirent par se convaincre qu'il valait mieux, pour chacun, garder sa propre langue, que nul

1. Magazine de mode publié en dix-sept langues et dans plus de cent pays depuis 1950. Chaque numéro contient des modèles pour chaque design présenté dans le mois. (N.d.É.)

ne pourrait lui ravir. Cette attitude exprime sans doute une forme de résistance ; dans un monde improbable, l'homme s'accroche coûte que coûte à ses fondements et cherche inconsciemment à cultiver la langue qui lui est la plus proche, plus proche même que sa langue maternelle : l'autolangue, celle avec laquelle il pense. Qui, en effet, pourrait l'interdire ou lui porter atteinte ?

C'est une explication plausible, mais il en existe peut-être d'autres, à moins qu'il n'y en ait pas. Les habitants n'avaient aucun savoir sur la question et, comme je l'ai dit, ne savaient même pas qu'il y avait quelque chose à savoir. L'accès au langage se déroulait sans problème, comme partout ailleurs. Après tout, les bébés sont de vrais perroquets. Chaque nourrisson, s'éveillant progressivement à la conscience de soi, se découvrait une langue du côté de la mère et une autre du côté du père. Les aînés de la fratrie eux-mêmes avaient chacun la sienne. Grand-père en parlait une, grand-mère une autre. Et les nounous y allaient chacune de ses « chuuut » et de ses « làààà » dans une langue inédite. Le babillage des petits évoluait vers une langue originale, inouïe, que l'enfant, instinctivement, savait devoir être unique. Ainsi, tout était clair.

Là-bas, c'était comme ça à l'époque : personne ne voyait dans les mots un outil de communication, contrairement aux gens normaux des histoires normales. La langue n'était pas, pour ces natifs, un système relevant d'un consensus sur la signification de chaque mot. Il s'agissait plutôt du reflet direct de la conscience de celui qui parlait, les mots n'étant qu'un seul des nombreux signes communs employés pour faire comprendre à autrui sentiments et désirs, émotions et attentes. La compréhension n'était fondée sur rien de « littéraire » ; la signification se transmettait par des échanges complexes de regards, mimiques, gesticulations et inflexions vocales, à chaque émission de phonèmes dont le sens n'était immuable que pour le locuteur. Ce contexte influençait les comportements des habitants, qui pouvaient ainsi exprimer toute chose importante aussi aisément que n'importe qui, à condition que chaque protagoniste s'impliquât complètement dans l'échange. Une situation qu'on aurait pu croire propice à éloigner les gens et à favoriser l'individualisme produisait finalement des effets opposés : l'incompréhension générale avait accru les capacités de compréhension et d'engagement de tous.

Il n'y avait ni dictionnaires, ni livres, ni textes écrits. Les habitants étaient évidemment tous illettrés puisque leurs écrits n'auraient jamais pu s'adresser qu'à eux-mêmes. Ils ne manquaient pourtant ni d'histoires, ni de poèmes, ni de pièces de théâtre. Comment auraient-ils pu vivre sans ? Ils avaient une haute image des textes en général, mais leur publication était nécessairement orale, physique, mise en pratique. Comme dans n'importe quelle prise de parole, l'expression du visage, l'apparence et l'attitude globale étaient lourdes de signification ; et si les mots n'avaient pas un sens assigné, sauf pour leur auteur, leur sonorité avait de l'importance. Les gens avaient l'oreille sensible à la beauté du langage, et certains, notamment d'excellents poètes, usaient d'une langue particulièrement belle : ils l'agençaient en des compositions pleines d'harmonie qu'ils déclamaient avec plus de grâce et d'humour que les autres.

C'était le bonheur dans ce bourg. Ses occupants y vécurent heureux pendant la quasi-totalité du siècle dernier, travailleurs modestes et satisfaits, cultivant les terres avoisinantes. Ils étaient alors sous l'égide d'une grande puissance – ni vraiment libre, ni démocratique à proprement parler – mais, faisant preuve d'une totale indépendance et ne posant aucun problème, ils n'avaient pas été ennuyés. Ils ne montraient en outre aucune once de nationalisme. Le puissant pays pouvait dormir tranquille et ne cherchait pas à imposer sa langue dans la contrée. Quelques rares inspecteurs dépêchés sur place, ou des touristes arrivés là par erreur, remarquèrent que ces gens heureux et bien portants avaient l'air illettrés, ce qui n'était guère en adéquation avec l'idéologie de la grande puissance qui prônait l'éducation pour tous. Mais on laissa faire, personne ne pouvant maîtriser leur prétendue langue que, de tout temps, les étrangers de passage, incapables de saisir un seul mot dans le bourg, avaient considérée comme une langue unique ; ce qui, somme toute, était cohérent, à en juger par le degré de compréhension et de conviction qui émanait des conversations et par la richesse des traditions orales.

On peut lire dans certains récits de voyages anciens les regrets d'explorateurs qui n'ont pu saisir cette langue si complexe et hermétique, entre autres à cause du manque de sources écrites. Mais tous sans exception s'étonnent d'avoir été si bien compris alors qu'ils s'exprimaient dans leur propre langue. « Pour des raisons obscures, les autochtones comprenaient sans problème tous mes souhaits quand je les exposais lentement et précisément, m'aidant de quelques gestes, dans ma langue maternelle, la plus pure et irréprochable qui soit à Breydafjördur »[2], écrit par exemple le révérend Ketill Thorkelsson, qui a voyagé en Arabie, dans son journal de bord.

Oui, la vie était belle ! Le soir, les habitants se retrouvaient au café et conversaient chacun dans sa langue. Un garçon et une fille se regardaient dans les yeux. Il disait : « Je t'aime » dans sa langue, quelque chose comme « *Lanas na vifrio* ». Elle le comprenait instantanément et répondait la même chose dans sa langue à elle, par exemple « *Sangran sprjou adver* », les nuances de la voix et l'expression du visage ne laissant place à aucun malentendu.

Puis, tout à la fin du siècle dernier, vint discrètement s'installer au bourg un linguiste renommé. Le continent venait d'être secoué par maints chambardements politiques, comme souvent auparavant. La grande puissance avait

2. Grand fjord à l'ouest de l'Islande. (N.d.É.)

soudainement périclité et tout bonnement disparu. De nouvelles coalitions se formèrent, modifiant la situation du petit bourg. Les anciennes frontières s'évanouirent, remplacées en partie ou totalement par d'autres, plus anciennes encore, mais qu'on avait récupérées. Ce qui avait été une bourgade perdue au milieu de nulle part resta une bourgade perdue, mais située sur une voie de passage. Parallèlement aux mutations politiques avait lieu une révolution sans précédent dans le secteur technologique. Notre linguiste y était impliqué au premier chef et, un soir, alors qu'il cherchait sur Internet un projet de doctorat intéressant, il tomba par hasard sur un texte décrivant cette langue mystérieuse et difficile d'accès. Son intérêt fut aussitôt piqué, et il entrevit le potentiel qui s'offrait à lui quand il découvrit aussi que la région venait d'être rendue accessible après des dizaines d'années d'isolement. Cyberbingo !

Quelques jours plus tard, il était donc sur place et put commencer sa recherche. En collectionnant des échantillons de paroles, il comprit tout, peu à peu, et en fut abasourdi. Une fois levés ses derniers doutes, il changea son projet, abandonnant sa vocation de chercheur et se posant comme sauveur des lieux. Il aiderait ces gens-là à s'accommoder aux temps modernes ! Il obtint vite et de partout des subventions importantes, trouva une méthode pour rassembler tous les mots de tout le monde et établit un logiciel de traduction qui, vite fait bien fait, traitait dans le détail ce qu'un individu disait à un autre. Il en résulta une langue écrite, ou plutôt une langue logicielisée. Tous les habitants du bourg apprirent à lire, et on les pourvut de petits ordinateurs portables.

Fit-on vraiment le bien de tous ? Non, loin s'en faut. Toute confiance au son des mots s'était envolée, au privilège du sens. On compulsait à tout bout de champ. Des mots oubliés furent réintroduits, et on se rendit compte qu'ils avaient été mal entendus. « *Lanas na vifrio* » ne signifiait pas tout à fait « Je t'aime », mais plutôt « Je t'aime bien peut-être parfois », ou à peu près. Et la réponse « *Sangran sprjou adver* » se révéla un total contresens quand on vérifia scrupuleusement l'enchaînement des syllabes. Des familles furent ainsi éclatées, des amitiés dissoutes, des désaccords enfouis furent révélés.

Son savoir lui ayant conféré une place déterminante, le linguiste devint maire de la ville. Il est également directeur de la banque des mots, où se règle tout conflit. « Pas de place pour l'approximation », dit-il. Mais la vie au bourg a bien changé, s'est détériorée, vraiment. Tout choix a disparu, les regards sont dénués d'éclat, aucune ébauche de sourire sur les visages. Fermés, les cafés. Chacun s'occupe de ses affaires, en gardant surtout une figure de marbre tout en demeurant attentif aux commentaires des autres. D'ailleurs, on ne peut plus vraiment parler d'un bourg. Il ne reste que quelques maisons où vivent des gens qui n'ont rien en commun, hormis de couper les cheveux en quatre. La plupart d'entre eux suivent des cours de langue universelle et veulent déménager.

Et vous, vous continuez à écrire, non ?

Einar Már Gudmundsson
traduit de l'islandais par Éric Boury

À l'époque, j'habitais à Lokastígur, mais j'avais mon bureau à Grettisgata[1]. Lokastígur est une ruelle bizarrement dissimulée dans le cœur du centre-ville. J'imaginais parfois que le soleil était un ballon qui roulait le long de la pente et avec lequel les gamins se faisaient des passes.

Je louais donc deux pièces en sous-sol à Grettisgata. Le loyer était modique, les lieux étaient agréables. Tous ces passages et ces arrière-cours me plaisaient.

Je contournais la maison, j'entrais par la porte

1. Deux rues du centre-ville de Reykjavik, assez proches l'une de l'autre. (N.d.É.)

pratiquée dans la palissade en bois, j'ouvrais celle de la maison et me retrouvais dans le couloir.

Il menait aux toilettes et à mes deux pièces.

C'est dans l'une d'elles que je travaillais. Elle était meublée d'un vieux secrétaire de communiant, d'un ordinateur qui ferait aujourd'hui figure d'antiquité, et de quelques livres. Dans l'autre pièce, j'entreposais des cartons pour lesquels la place manquait chez moi. Sur une table reposait une cafetière électrique.

Le lien entre l'écriture et le café est si connu qu'il mérite à peine d'être mentionné. Dans l'histoire de l'humanité rédigée par Ólafur Hansson[2], le résumé concernant la culture française précise : « Balzac, le grand écrivain, est mort d'un empoisonnement au café. » Beaucoup se sont amusés de cette conception de l'histoire, bien qu'elle vaille amplement les autres.

Le midi, je rentrais manger chez moi. Puis, je retournais de Lokastígur jusqu'à Grettisgata par le chemin le plus court.

– Où vas-tu donc si vite ? me demanda un jour une ancienne camarade d'école que je croisai en route.

– Au travail, dis-je.

---

2. Auteur d'un livre intitulé *Facts about Iceland*, publié en anglais en 1952. (N.d.É.)

– Hein ? Qu'est-ce que tu racontes ? Tu t'es trouvé un emploi ?

Enfin, bref, je louais deux pièces, et l'autre partie du sous-sol était un appartement occupé par un jeune homme qui s'appelait Fridrik.

Fridrik avait les cheveux bruns et l'air d'un vrai gamin. Quand nous avions échangé des renseignements l'un sur l'autre, il m'avait confié qu'il travaillait dans une animalerie, qu'il vendait des hamsters, des lapins, des perroquets et des chats siamois. Son appartement abritait des cages à oiseaux ainsi que des aquariums et, parfois, il s'amusait dans la cour avec des lapins.

– Ça ne doit pas être facile d'écrire des livres, m'avait déclaré Fridrik. En tout cas, j'adore lire.

Depuis ma fenêtre, j'apercevais le mur d'une maison et la haute palissade qui isolait l'arrière-cour du reste de la rue. Au coin, il y avait un bac à sable, vestige du temps où des enfants avaient vécu là, mais, cette époque étant révolue, l'endroit était devenu le lieu de rencontre des chats, leurs sanitaires et leur maison de quartier.

Il régnait parmi eux une grande légèreté de mœurs, les miaulements concupiscents venaient troubler le calme nocturne, et parfois des bagarres, de véritables batailles rangées, éclataient.

Ásdís, la propriétaire, m'avait fortement recommandé de fermer la fenêtre quand je m'absentais, sinon mon bureau serait envahi par les félins, sans parler des voleurs qui pourraient se glisser à l'intérieur.

Un jour, les chats ont disparu. Peut-être avaient-ils découvert un nouveau bac à sable, à moins que Fridrik ne les ait chassés, puisqu'il hébergeait maintenant ces très élégants siamois qui se pavanaient dans la cour comme des princesses thaïlandaises, beaucoup trop bien éduqués pour fréquenter les matous tigrés de Reykjavík ou les chattes de mauvaise vie qui arpentaient les arrière-cours telles des clochardes.

Un vieil homme passait dans la matinée pour s'occuper des siamois pendant que Fridrik travaillait à l'animalerie. L'arrière-cour de Grettisgata était le jardin royal de ces bêtes de haut lignage.

Le vieil homme, grand et svelte, portait des lunettes à monture dorée. Il était invariablement vêtu d'un bleu de travail et d'une casquette de base-ball. Je devinais qu'il avait travaillé dans un entrepôt et qu'il venait de prendre sa retraite. Il me rappelait Bertolt Brecht.

Le matin, il sortait dans la cour avec les siamois et leur parlait. Quand il m'apercevait à la fenêtre, il me souriait et nous échangions quelques signes de la main. Je n'entendais jamais ce qu'il racontait aux chats et me disais qu'il était peut-être le grand-père de Fridrik, mais bon, c'était là pure supposition.

Très discret, Fridrik semblait un peu hors de ce monde. Il passait ses soirées seul avec ses chats, ses lapins et ses perroquets, ou bien s'asseyait devant la porte sur un tabouret en compagnie du vieil homme. Tous deux jouaient aux cartes ou mangeaient du pop-corn tandis que les chats s'amusaient dans la cour.

L'odeur du maïs fraîchement éclaté chatouillait l'air. Deux hommes sur des tabourets, des chats et des cartes. Je passais tout en réfléchissant et j'avais l'impression que la scène était extraite d'un livre, me faisant l'effet d'un oiseau en vol ou d'un poème suspendu.

Ce paradis avait pourtant son revers. Parfois, le vieil homme disparaissait, et alors Fridrik semblait comme ensorcelé. Son humeur innocente de gamin s'évaporait. Les lieux s'emplissaient de bruits de moteur, et les oiseaux de la nuit faisaient de son appartement un rendez-vous sauvage dont Bacchus n'était pas l'unique maître.

Un jour, un fourgon de police, dont les portes arrière étaient grandes ouvertes, s'engouffra sous le porche, et des oiseaux nocturnes vêtus de cuir y furent entraînés les uns après les autres. Ce fut pour moi un grand mystère : comment ce jeune homme innocent et timide pouvait-il rassembler autour de lui de tels énergumènes ?

Une nuit, je me retrouvai mêlé à la vie sociale du sous-sol, bien que ne figurant pas sur la liste des invités.

J'avais passé la soirée à m'acquitter d'une tâche qui exigeait toute ma concentration. Je ne m'étais jamais offusqué de voir que Fridrik recevait, mais, ce soir-là, l'ambiance était particulièrement déchaînée. Le tintamarre était si fort qu'on aurait dit qu'une troupe de déménageurs obèses se bagarraient avec les meubles. J'ignorais comment les siamois, les lapins et les perroquets supportaient cela.

Assis à mon vieux bureau de communiant, j'écrivais et me relisais. Tout à coup, je perçus une présence. Je levai les yeux et vis à la fenêtre trois bergers allemands qui me toisaient de leur regard cruel tandis que les oiseaux de nuit battaient des ailes de l'autre côté du mur.

Je me suis toujours méfié des bergers allemands. J'ai vécu de longues années à Copenhague dans un immeuble où habitait une jeune fille qui en possédait un. Un jour, l'animal m'a sauté dessus et, peu après, il a mordu deux enfants.

J'espérais bien que ces chiens s'étaient simplement égarés dans l'arrière-cour et qu'ils ne tarderaient pas à décamper. Je repris mon travail et le temps passa ainsi.

Puis j'éteignis l'ordinateur et la cafetière, je remis un peu d'ordre, et quand j'ouvris la porte, les bergers allemands bondirent jusqu'à la maison, la gueule béante et la mine patibulaire. Je parvins à refermer la porte en la claquant avant qu'ils ne vinssent s'y écraser. Ils aboyèrent de l'autre côté et mordirent le bois.

À ce moment-là, il m'apparut que, peut-être, ces chiens avaient été enfermés dans la cour et que le corbeau nocturne à qui ils appartenaient ne les entendait pas. Cela impliquait que je me retrouvais également enfermé puisque j'étais forcé de la traverser pour faire le tour de la maison avant de sortir dans la rue.

J'essayai de reprendre mes activités, mais j'étais trop distrait. J'ouvris la *Lettre à Lára* et je tombai sur l'une des histoires cauchemardesques où

Þórbergur[3] vivait sa propre mort et se retrouvait abandonné au fond d'une ruelle.

Les chiens se taisaient. Je me suis approché de la porte. Ils se remirent immédiatement à aboyer et à mordiller le bois.

La nuit s'écoula dans la clarté estivale. De l'autre côté du mur, la fête se poursuivait. J'allai dans la pièce où se trouvait la cafetière, j'ouvris les rideaux, contemplai la rue Grettisgata illuminée par le soleil et entrouvris la fenêtre.

– Ohé ! Ohé ! dis-je, mais personne ne m'entendit, et surtout pas les oiseaux de nuit.

Un homme descendit enfin la rue. Émacié, il portait des lunettes de soleil à verres teintés bleus et une veste de sport blanche.

– Ohé ! Ohé ! lui dis-je. Vous pourriez m'aider ?

Mais l'homme se rengorgea.

– Vous croyez franchement que je vais m'introduire dans une maison inconnue à une heure pareille ?

– Non, dis-je, je ne vous demande absolument pas d'entrer, mais simplement de venir me parler à la fenêtre.

3. Œuvre du grand écrivain Þórbergur Þórdarson (1888-1974) dont aucun livre n'a pour l'instant été traduit en français. *Lettre à Lára* (*Bréf til Láru*) a fait scandale en Islande à l'époque de sa parution et a valu un procès à l'auteur. (N.d.T.)

– Non, j'ai autre chose à faire, répondit l'homme que je suivis du regard jusqu'à le voir disparaître au coin du boulevard Snorrabraut avec son indifférence juchée comme un géant sur le dos d'un nain.

La rue était de nouveau déserte. Les rayons du soleil matinal étiraient les maisons dans tous les sens.

Si ces chiens n'avaient pas été couchés au pied de la porte, j'aurais pu rentrer chez moi. Je refusais de voir une fois de plus leurs crocs menaçants. Mais voici que le livreur de journaux toujours joyeux remonta la rue. Il avait souvent un casque sur les oreilles, se dandinait au rythme de la musique ou fredonnait une mélodie, sifflotait et chantait comme les oiseaux dans les arbres.

Je lui fis signe.

– Vous pourriez me rendre un petit service ? demandai-je une fois qu'il eut ôté son casque.

– C'est que cette rue n'est pas dans ma tournée, répondit le livreur. Enfin, que voulez-vous ?

– Je voudrais que vous jetiez un œil à la porte de la palissade, dis-je, que vous regardiez si elle est fermée. Il y a des chiens dans la cour, ils sont complètement enragés.

– Ce n'est pas possible, objecta le livreur, on ne les entend pas du tout.

– Pourriez-vous quand même aller vérifier ?

– D'accord, répondit le livreur de journaux qui remit son casque avant de disparaître à l'angle de la palissade.

Dès que les chiens entendirent quelqu'un tripoter la porte, ils se déchaînèrent. Leurs aboiements féroces réveillèrent les grands-mères et couvrirent les croassements des corbeaux nocturnes. Arraché à sa torpeur, leur propriétaire sortit.

– Oh là là ! s'exclama-t-il dès qu'il les eut remis en laisse. Je n'imaginais pas que vous étiez en train de travailler, sinon je ne les aurais jamais enfermés dans la cour, mon vieux. Nom de Dieu, il y en a un qui est complètement cinglé. Personne ne peut le maîtriser à part moi. Vous avez eu de la chance que je me réveille.

Quelques jours passèrent. Je m'étais remis à travailler jusque tard dans la nuit. J'avançais bien. Le calme nocturne s'y prêtait.

Un jour, je quittai mon bureau au petit matin. Alors que je passais devant chez Fridrik, je le découvris allongé au pied de sa porte, à moitié inconscient, les clés de son appartement à côté de la grille d'égout, la main tendue vers elles.

Je restai planté là à le regarder. Il marmonna quelque chose. Je m'apprêtai à sortir dans la rue Grettisgata, mais j'eus mauvaise conscience. Je ne pouvais tout de même pas l'abandonner dans cet état. Ne devais-je pas prendre soin de mon frère ? Peut-être avait-il quelque chose de grave.

Je décidai de partir quand même, mais je fus pris de remords. J'étais brusquement certain que Fridrik était allongé le crâne fracassé devant sa porte et qu'on allait m'accuser de meurtre. Qu'on m'avait vu. J'imaginais des officiers de police arriver chez moi, me menotter et m'emmener. « Que faisiez-vous là-bas à une heure si tardive ? », m'interrogeaient-ils. Quand je leur répondais : « Je travaillais », ils éclataient de rire.

Alors que je montais l'escalier, je m'arrêtai sur la marche la plus haute et je criai son nom.

– Fridrik, Fridrik ! Quelque chose ne va pas ?

Je l'entendis qui râlait, il leva les yeux, me toisa de son regard éteint et embrumé, puis émit un glapissement. J'ignorais à quoi il pensait, je ne savais même pas s'il pensait dans son état, mais je considérai cela comme le signe qu'il était en vie.

Tout allait pour le mieux, si ce n'est que l'ivresse était montée à la tête de cet innocent jeune homme. Il faisait beau. Quand il se réveillerait, il ouvrirait sa porte tout seul.

J'ai achevé la tâche que j'avais en cours, puis j'ai quitté les lieux pour aller m'installer en banlieue où je travaille depuis. Quelques années se sont écoulées, quatre ou cinq. Un jour, j'étais en route vers mon domicile. Je m'apprêtais à prendre le bus à la station de Hlemmur, mais je venais de le manquer. Dehors, il faisait froid. Je suis entré dans La Cave de l'Empereur pour commander un café.

Quoi qu'on puisse dire au sujet de La Cave – et il y a certes largement matière –, peu de bars en ville servent un meilleur café.

Alors que j'étais debout au comptoir devant ma tasse, quatre hommes sont venus vers moi pour me demander de rédiger leur biographie. Je n'ai pas réservé mauvais accueil à leur proposition, il est d'ailleurs fort peu souhaitable de se mettre à dos les habitués de La Cave de l'Empereur. Ils m'affirmèrent s'être livrés à des prouesses dignes d'être contées. Le fait est si connu qu'il mérite à peine d'être mentionné, mais on dit que les clients de ce bar n'ont pas tous un casier judiciaire vierge, bien que la virginité de ce genre de document soit évidemment relative et qu'on ignore sa valeur auprès du bon Dieu.

Je ne crois pas que cette ville grouille de criminels amateurs de littérature, ni que ceux-ci constituent un sujet plus intéressant que n'importe quel autre. Mais, tandis que j'étais là, mon expresso, bien serré, devant moi, et que j'écoutais le récit de leurs exploits, j'aperçus un homme qui attendait à distance.

Ses traits me disaient quelque chose, il ne me quittait pas des yeux. Il avait des cheveux gris argenté, mais son visage était jeune, presque enfantin. Alors qu'il s'avançait vers nous, les voix de mes quatre conteurs se brouillèrent. Cet homme m'apparut comme dans un film, lorsqu'un personnage se remémore soudain un événement.

Il y avait dans son attitude quelque chose de doux et d'irréel. Dès qu'il nous eut rejoints, mes compagnons se turent.

– Vous ne vous souvenez pas de moi, déclara l'homme.

– Si, dis-je, car rien n'est aussi contrariant que d'avoir oublié des gens dont on devrait se souvenir, mais je n'arrive pas tout à fait à vous replacer.

Mon interlocuteur vola à mon secours.

– Eh bien, il n'y a pas à s'en étonner, répondit-il. Je suis Fridrik, de Grettisgata. Vous vous souvenez, je louais l'appartement à côté de votre bureau.

– Comment ? m'écriai-je avec sur le visage la question muette : « Que vous est-il donc arrivé ? »

– Cela s'est passé en une seule nuit.

– Quoi donc…

On prend un air benêt quand on entend ce genre d'histoire. Je plissai le front et me grattai vigoureusement la tête.

– Eh bien, j'ai trépassé, répondit Fridrik.

– Comment ?

– J'ai ingéré un poison et momentanément trépassé. Quand les médecins ont achevé le lavage d'estomac, mes cheveux étaient devenus tout gris. À part ça, je vais bien. Et vous, vous continuez à écrire, non ?

LES AUTEURS

Sveinbjörn I. Baldvinsson est né en 1957 à Reykjavík. Poète, romancier, dramaturge, mais aussi scénariste, musicien et traducteur de l'anglais, il est auteur de romans, de recueils de poésie, de nouvelles, de pièces de théâtre et de livres pour enfants.

Sa nouvelle, « Icemaster », lauréate en 1986 du prix du Festival international de la nouvelle de Reykjavík, parue en 1989, a été traduite en plusieurs langues et portée à l'écran à deux reprises.

Au cinéma, il est le scénariste de *Foxtrot* (1988), *Sporlaust* (*No Trace*, 1998) et de *Hamarinn* (*The Cliff*, 2010). Il se consacre désormais davantage à l'écriture télévisuelle (Série *Meurtre au pied du volcan*, 2014) ou documentaire (*Le Viking latin*, 2015).

Bibliographie

– *Sólin er sprungin* (« Le soleil a éclaté »), roman, Mál og menning, 2001.

– *Stofa kraftaverkanna* (« La chambre des miracles »), poésie, Mál og menning, 1998.

– *Tár úr steini* (« Larmes de pierre »), scénario pour un long-métrage de cinéma, 1995, Tonabio Prods / Peter Rommel Prods / Idé Film. Lauréat de nombreux prix dans des festivals européens de cinéma.

– *Thétting* (« Concentration »), théâtre, 1991. Pièce créée par la Reykjavík Theatre Company (RTC).

– *Felustadur tímans* (« La cachette du temps »), poésie, Idunn, 1991.

– *Stórir brúnir vængir* (« De larges ailes brunes »), nouvelles, Almenna bókafélagid, 1989.

Thórarinn Eldjárn, fils de l'ancien président de la République d'Islande, Kristján Eldjárn (1968-1980), est né à Reykjavík en 1949. Il a d'abord fait des études de lettres et de philosophie à l'université de Lund (Suède), puis d'islandais à l'université d'Islande, avant de terminer son doctorat de lettres à Lund. Romancier, poète, nouvelliste, dramaturge, il a notamment traduit Göran Tunström, August Strindberg et Lewis Carroll. Avec sa sœur, l'artiste Sigrún Eldjárn (auteur et illustratrice de livres pour enfants), il a écrit des recueils poétiques pour les enfants, dont plusieurs ont été primés. Son plus gros succès, écrit en vers, est *Disneyrímur* (« Ballades de Disney », 1978). Il est réputé en Islande pour ces livres de poésie enfantine et humoristique qu'il continue à publier à un rythme soutenu.

Plusieurs de ses œuvres ont été traduites. Le roman *Brotahöfud*, traduit en français sous le titre *Tête en miettes* (éd. Le Cavalier bleu, 2003, trad. Régis Boyer), mais aussi en anglais, en allemand et en finnois, a été récompensé, en 1999, par le Conseil nordique et sélectionné pour le prix littéraire international Impac de Dublin en 2001.

Gyrdir Elíasson est né en 1961. C'est l'un des écrivains islandais les plus en vue. Il a grandi dans la ville de Saudárkrókur, au nord de l'Islande, et vit à Reykjavík. Il a commencé sa carrière littéraire avec un livre de poésie, « Noir et blanc bretelles », en 1983.

Depuis, il a publié des recueils de poésie, des nouvelles et des romans. Il est également traducteur, notamment de Richard Brautigan, et porte un intérêt particulier à la culture amérindienne. Gyrdir Elíasson a reçu plusieurs prix pour son travail, parmi lesquels le prix de littérature islandaise et le prix Halldór Laxness de littérature en 2000 pour son recueil de nouvelles *Gula húsid*, (littéralement *La Maison jaune*, non traduit). En 2011, il a reçu le prestigieux prix de littérature du Conseil nordique, pour son recueil de nouvelles intitulé *Milli trjánna* (« Entre les arbres »). Ses livres sont proches du courant *nature writing*, abordant des thèmes récurrents comme la nature, l'art ou les difficultés du jeu social. « Inferno » est sa première nouvelle traduite en français.

BIBLIOGRAPHIE

– *Milli trjánna* (« Entre les arbres »), recueil de nouvelles, Uppheimar, 2009, traduction française de Robert Guillemette, Books Édition, 2012.

– *Sandárbókin* (« Le livre de la rivière Sandá »), roman, Uppheimar, 2007, traduction française de Catherine Eyjolfsson, Éditions La Peuplade, 2019.

– *Steintré* (« L'arbre de pierre »), recueil de nouvelles, Edda, 2005.

– *Gangandi íkorni* (« Les Excursions de l'écureuil »), 1987, traduction française de Catherine Eyjolfsson, Éditions La Peuplade, 2016.

Einar Már Gudmundsson est né en 1954, à Reykjavík, où il a suivi des études de littérature comparée et d'histoire, diplômé en 1979. L'année suivante, il publie coup sur coup deux recueils de poésie, puis aborde le roman à partir de 1982 : *Les Chevaliers de l'escalier rond* remporte le concours de la Société littéraire islandaise.

Ayant décroché un poste à l'université de Copenhague pour enseigner la littérature comparée, il vit un temps au Danemark. Il a également publié des ouvrages de littérature d'enfance et de jeunesse et signé quelques scénarios, dont celui de *Les Enfants de la nature* (*Börn náttúrunnar*), un film islandais réalisé par Friðrik Þór

Friðriksson, avec il collaborera régulièrement. Sorti en 1991, le film est nommé pour l'Oscar du meilleur film en langue étrangère à la 64e cérémonie des Oscars.

Nouvelle récompense en 1995 : *Les Anges de l'univers*, paru en 1993, reçoit le prestigieux prix littéraire du Conseil nordique. Son livre est adapté au cinéma en 2000, avec le même titre, lui aussi réalisé par Friðrik Þór Friðriksson. En 2012, il reçoit le Prix nordique de l'Académie suédoise pour l'ensemble de son œuvre. Einar Már Gudmundsson est l'auteur de huit recueils de poèmes, de deux recueils de nouvelles et d'une douzaine de romans, dont quelques-uns ont paru en français. Il est aussi le traducteur islandais de Ian McEwan.

Il vit aujourd'hui à Reykjavík.

BIBLIOGRAPHIE

– *Les rois d'Islande*, Zulma, 2018.
– *Le Testament des gouttes de pluie*, Gaïa, 2008.
– *Les Chevaliers de l'escalier rond*, Gaïa, 2007.
– *Les Anges de l'univers*, Flammarion, 1998.

Gudrún Eva Mínervudóttir est née en 1976 à Reykjavík. Enfant, elle accompagne sa mère, professeur de piano, sur les routes islandaises. En 1998, elle publie un recueil de nouvelles, *Pendant qu'il te regarde tu es la Vierge Marie*, salué par la critique. En 2000, son roman *Conférence sur le bonheur* est nommé pour le Prix de littérature islandaise (équivalent du prix Goncourt). Elle obtient en 2005 le prix de la culture pour son livre *Yosoy*. Son roman *Skaparinn* (« Le créateur ») relate la rencontre et l'affrontement de deux solitudes dans des circonstances tantôt dramatiques, tantôt burlesques avec une maîtrise étonnante de la part d'un jeune auteur.

Elle a obtenu en 2007 une licence de philosophie.

Elle vit à Reykjavík où elle se consacre à l'écriture.

BIBLIOGRAPHIE

– *Skaparinn* (« Le créateur »), Autrement, 2014.

– *Pendant qu'il te regarde tu es la Vierge Marie*, Zulma, 2008.

– *Yosoy*, Mál og menning, 2005.

– *Albúm skáldsaga*, Bjartur, 2002 (« Album », Tusitala, 2015).

– *Sagan af sjóreknu píanóunum*, Bjartur, 2002.

– *Fyrirlestur um hamingjuna* (« Conférence sur le bonheur »), Bjartur, 2000.

– *Ljúlí, ljúlí*, Bjartur, 1999.

Magnús Sigurdsson est né en 1984 dans un petit village de pêcheurs dans le nord-ouest de l'Islande. Il a vécu à Reykjavík et à Barcelone, et demeure actuellement à Lund, en Suède.

Magnús Sigurdsson est traducteur en islandais des *Cantos de Pise* d'Ezra Pound. Sa traduction a été récompensée par le Student Service Scholarship et la Landsbanki Bank Stipend. Essayiste, éditeur et avant tout poète, il a obtenu en 2008 le prix de poésie Tomas-Gudmundsson pour son premier recueil de poèmes intitulé *Fidrildi, mynta og spörfuglar Lesbíu* (« Papillons, Menthe et Moineaux de Lesbia »). Il est aussi l'auteur du recueil de nouvelles *Hálmstráin* (« Brins de paille », 2008), et de *Gleymskunnar bók* (« Le livre de l'oubli », 2009), un essai sur la fiction et la poésie du XXe siècle. En 2013, il a traduit en islandais les poèmes du norvégien Tor Ulven ; puis, en espagnol, en co-traduction avec Laía Argüelles Folch, les poèmes de Ingibjörg Haraldsdóttir (*La cabeza de la mujer*, 2011).

Nouvelles d'Islande

34 rue Ramey – 75018 Paris – France
Tél : 01 53 28 03 05
contact@editions-magellan.com
www.editions-magellan.com

Deuxième édition

ISBN : 978-2-35074-581-7
Imprimé en France par SEPEC Numérique à Péronnas
Dépôt Légal – 1er trimestre 2020
Numéro d'impression : N02881200361